A. Schnelle

Ueber angeborenen Defect von Radius und Ulna

A. Schnelle

Ueber angeborenen Defect von Radius und Ulna

Unveränderter Nachdruck der Originalausgabe von 1875.

1. Auflage 2024 | ISBN: 978-3-38635-074-7

Antigonos Verlag ist ein Imprint der Outlook Verlagsgesellschaft mbH.

Verlag: Outlook Verlag GmbH, Zeilweg 44, 60439 Frankfurt, Deutschland
Vertretungsberechtigt: E. Roepke, Zeilweg 44, 60439 Frankfurt, Deutschland
Druck: Libri Plureos GmbH, Friedensallee 273, 22763 Hamburg, Deutschland

Ueber angeborenen Defect

von

radius und ulna.

Inaugural - Dissertation

zur

E r l a n g u n g   d e r   D o c t o r w ü r d e

in der

Medicin, Chirurgie und Geburtshülfe.

Vorgelegt

der hohen medicinischen Facultät zu Göttingen

von

A. Schnelle

aus Hildesheim.

Göttingen 1875.

Druck der Dieterichschen Univ. - Buchdruckerei.

W. Fr. Kaestner.

Seinen lieben Eltern

aus Dankbarkeit

der Verfasser.

Gehören schon die angeborenen Anomalien des Knochensystems zu den seltenen Missbildungen, so sind unter diesen wieder die Fälle von partiellen Defecten an den Extremitäten, speciell an den Vorderarm- und Unterschenkelknochen relativ spärlich verzeichnet.

Am häufigsten ist noch der Mangel des radius beschrieben, obgleich auch hierbei von den meisten Autoren die Seltenheit des Vorkommens betont wird, extrem selten ist der Mangel der ulna und fibula, ein angeborener Defect der tibia ist noch nicht beschrieben.

Wenn ich nun der vorhandenen geringen Anzahl von Beschreibungen solcher Missbildungen noch 2 Fälle von fehlendem radius und einen Fall von Fibuladefect hinzufüge, so ist dieses ausser den Curiositätsrücksichten vielleicht um so mehr von Interesse, als auch in vorliegenden Fällen eine zwar von allen Autoren angedeutete, aber meines Erachtens nicht genug hervorgehobene Regelmässigkeit, ein gewisser gesetzmässiger Ban der missgebildeten Extremität hervortritt, ein Punkt, der um so auffallender scheint als man nur zu geneigt ist, in derartigen Abnormitäten ein gewissermaassen planloses, in jedem einzelnen Falle durch andere Ursachen bedingtes Abschweifen von der normalen Bahn zu suchen. Ich werde hierauf nach der Beschreibung der einzelnen Fälle zurückkommen.

Was zunächst die Litteratur über diesen Gegenstand anbelangt, so ist ohne Zweifel der älteste der aufgezeichneten Fälle solcher Defecte der von Göller in

Miscellancor. naturae curiosor. Decuriael II ann. secund Norimbergae 1698

verzeichnete, wo der genannte Autor einen siebenmonatlichen Fötus beschreibt, dem beide ulna mit je 4 Fingern fehlten, nur die radius mit den Daumen waren vorhanden. In den untern Extremitäten war jederseits nur die Tibia mit der grossen Zehe vorhanden [1]).

Sodann beschreibt Friederici (Monstra humana rarissima Lipsiae 1737) einen Radius- und Fibuladefect. (Das Werk selbst konnte ich mir nicht verschaffen). Wiedemann (Isenflamm und Rosenmüller, Beiträge zur Zergliederungskunst, Leipzig 1800 Bd. I, S. 42) beschreibt ein missgestaltenes Kind, dem am rechten Arm der radius fehlte; die ulna war mit der Convexität nach hinten gekrümmt; die Hand war so stark angezogen, dass ihr Radialrand mit dem Vorderarm einen spitzen Winkel bildete. Ebenfalls fehlt hier der Daumen.

Meckel (Handbuch der pathologischen Anatomie, Leipzig 1812 Bd. I, S. 750) beschreibt einen Fall, wo von den Knochen des Unterschenkels beinahe nur die Tibia gebildet, zugleich um den dritten Theil zu kurz, weniger rundlich als platt und stark nach innen gewölbt war; von der tibia fand sich nur ein rundliches Rudiment,

---

1) Duo brachia corpore propendebant, quorum tamen dextrum longius crassiusque; utriusque cubitus recurvus propeudebatur, unicusque digitus, pollex nempe, magne distinctus radio breviori affigebatur; utriusque enim ulna plane decrat. Sic etiam crura, decussatim sibi imposita, in parvo pede unicum tantum alebant pollicem, tibiae annexum, fibula neutri praesente. Et velut Natura dextrum brachium grandius sinistro, ita contra crus sinistrum majus dextro formabat, ut damnum utriusque resarcire visa sit.

welehes den äussern Knorren bildete. Alle Fusswurzelknochen waren platt und dünn, das Kahnbein und die Keilbeine viel zu klein, das Würfelbein fehlte ganz; eben so fehlten der 4. und 5. Mittelfussknochen und die 4. und 5. Zehe, die dritte war äusserst dünn.

Meckel führt ausserdem die Fälle von Göller, Friederici und Wiedemann an.

Gottfried Fleischmann (Leichenöffnungen, Leipzig 1815) fand in einer 8 monatlichen Missgeburt an beiden obern Extremitäten den radius fehlend; am untern Ende der ulna sitzt die nach einwärts gebogene Hand, der der Daumen fehlt.

v. Wiebers (de prima formatione eohibita, Diss. inaugural. Berolin. 1828.) besehreibt eine ausgetragene Frueht mit fehlendem radius; in diesem Falle war jedoch auch das Gelenkende des humerus nicht normal, die Epicondylen, die Troehlea und Rotula waren nur rudimentär vorhanden. Die ulna war von aussen nach innen gebogen; von den Handwurzelknoehen fehlten des Trapez-Trapezoid und das Sehiffbein, von den Mittelhandknochen fehlten drei mit dem zugehörigen Daumen, Index und Mittelfinger.

In Canstatts Jahresbericht über die Fortsehritte der gesammten Medicin, Würzburg 1852 Bd. IV, gibt Virchow in dem Bericht über die Leistungen in der Lehre von den Fötalkrankheiten an, dass Davaine (de l'absence eongénitale du radius ehez l'homme) in Compte rendu de la soeiété de Biologie p. 12 2 Scelette mit fehlendem Radius beschreibt, denen die Daumen und zugehörigen Metacarpalknoehen fehlten; bei beiden war eine Deviation und Winkelstellung der Hand vorhanden. Davaine hebt hierbei die Seltenheit dieses Zustandes hervor sowie dass ein Mangel der ulna nie beobachtet sei, eben so wenig ein Defect der Tibia. (Siehe jedoeh Göller).

Ausser ihm sind nach Davaine nur noch 4 Fälle von Radiusdefect in Frankreich bekannt:

Petit (Memoires de l'academie royale des sciences 1733) Cruveilhier (Anat. patholog. Livrais. 2) Lediberder (Bulletin de la société anat. 3 Ser. C. I) und Prestat. (ibid. 1837).

Die beiden letzten Werke waren mir nicht zugängig; in den beiden ersten Fällen fehlte ebenfalls nur der Daumen, die 4 übrigen Finger waren wohlgebildet.

Förster (Missbildungen des Menschen, Jena 1861) erwähnt über den Defect des radius, dass sich zwei Präparate dieser Art in der Würzburger Sammlung befinden.

Fassen wir nun obige Fälle von partiellem Mangel der Unterschenkel und Vorderarmknochen zusammen, so ergiebt sich, dass am häufigsten der des radius vorkommt (in 12 Fällen) während von einem Defect der fibula nur 3 Fälle, der von Göller, Friederici und Meckel bekannt sind.

Einen Defect der ulna, den Davaine leugnet, beschreibt Goeller; von der tibia scheint jedoch ein solcher nicht bekannt zu sein.

Hieran schliessen sich folgende, in der hiesigen medicinischen Klinik zur Beobachtung gekommene Fälle, auf welche mich Herr Professor Hasse hinzuweisen die Güte hatte und die ich hier in Kurzem zu beschreiben versuchen werde.

1) Fall eines angeborenen Fibuladefects der rechten Seite.

Johann K., 29 Jahre alt, Maschinenbauer aus Fahlbach.

Die Eltern desselben sind wohlgestaltet und auch bei den Geschwistern überall kein angeborener Bildungsfehler vorhanden; auch ist er kein Zwillingskind, hat an seinem Körper keine sonstigen Abnormitäten und ist von normaler Grösse und Statur.

Er hat trotz seines missgestalteten Beines von 3 Jahren laufen gelernt, und soll damals der Unterschied der Länge zwischen beiden Beinen 3 Zoll betragen haben; als er 10 Jahre alt gewesen sei der Unterschied 5 Zoll gewesen, jetzt beträgt derselbe 9 Zoll. Zu bemerken ist noch, dass der K. von seiner Jugend an sehr zweckmässig construirte Stelzen getragen hat und 6 Wegstunden mit Leichtigkeit zurücklegen zu können behauptet.

Daher ist auch das Becken keineswegs verschoben und sind die Hüften gleichmässig entwickelt. Die Länge des Oberschenkels ist auf beiden Seiten gleich, auch die Oberschenkelmuskulatur beider Beine gleichstark entwickelt; ebenso zeigt die Patella beiderseits gleiche Dimensionen und der Umfang der Kniee, über der Intella gemessen, ist auf beiden Seite derselbe.

Der rechte Unterschenkel besteht nur aus einem Knochen, der tibia; jedoch befindet sich am hinterm Umfange des lateralen margo infraglenoidalis an der Stelle der superficies articularis fibulae eine knopfartige Hervorragung, vielleicht ein Rudiment der fehlenden Fibula.

Die Tibia selbst ist massig, im transversalen Durchmesser comprimirt, wie platt geschlagen, hat daher im sagittalen Durchmesser bedeutend zugenommen, so dass dieser im untern Drittel derselben, wo man die Tibia wegen der gering entwickelten Weichtheile der fibularen Seite fast umgreifen kann, 5—6 Cm. beträgt, während an derselben Stelle der transversale Durchmesser $2^{1}/_{2}$ Cm., oben unter der Patella ungefähr $5^{1}/_{2}$ Cm., am untern Ende $4^{1}/_{2}$ Cm. beträgt, so dass das Schienbein dem der andern Seite gegenüber an Stärke etwas zugenommen zu haben scheint.

Ausserdem ist die Tibia im sagittalen also nach ihrem eigenen grössten oder Tiefendurchmesser gebogen, so zwar, dass die Convexität dieses Bogens nach vorn und ein wenig medianwärts, das untere Ende der Tibia aber nach hinten und oben sieht, so dass der tiefste Punkt derselben etwa 5 Cm. von dem eigentlichen Ende derselben entfernt ist; und zwar beträgt die absolute Länge der Tibia 30 Cm., während die Sehne des Bogens, den dieselbe macht, nur 22 Cm. beträgt, so dass also 8 Cm. auf Kosten des Bogens kommen. Die Länge der linken Tibia, vom untern Ende der Patella bis zum Malleolus externus gemessen beträgt 38 Cm., so dass der Längenunterschied beider 8 Cm. beträgt.

Der rechte Fuss hat nur zwei Zehen, den hallux und zweiten Zehen, beide jedoch sind wohl gebildet und von normaler Grösse, beide haben die normale Zahl von Phalangen und auch ihre Mittelfussknochen.

Der Fuss selbst ist platt, die Fusssohle eher nach unten etwas convex und misst von der Spitze der grossen Zehe bis zum Ansatz der Achillessehne 19 Cm. der gesunde Fuss in gleicher Weise gemessen hat dagegen eine Länge von 26 Cm. Der Unterschied muss also, da Zehen und Mittelfussknochen auf beiden Seiten gleich lang (12,5 Cm.) sind, auf Kosten der Fusswurzelknochen kommen. Welche nun von diesen und ob überhaupt ausser dem an welchem die tendo Achillis sich inserirt, noch andere vorhanden sind, mögte schwer zu entscheiden sein; jedenfalls lässt sich die ganze Fusswurzel, zwischen zwei Hände genommen, nach keiner Richtung im geringsten bewegen. Sollten aber trotzdem mehrere Fusswurzelknochen vorhanden sein, so müssten jedenfalls, da ein normaler Calcaneus schon ungefähr 7 Cm. lang ist (ebenfalls das Maass, welches die Länge vorliegenden Fusses vom hintern Ende der Mittelfussknochen bis zum Ansatz der tendo Achillis ausmacht) so wohl der Calcaneus als auch die andern, etwa vorhandenen Fusswurzelknochen verkümmert sein. Da man nun eigentlich a priori anzunehmen geneigt wäre, dass der Talus als Articulationsknochen der Tibia und als mittelbarer Träger für die hier normal gebildeten ersten Zehen, bei einem Defect, der nur die fibulare Seite betrifft, nicht in Mitleidenschaft gezogen würde, so müsste entweder die Insertion der Achillessehne sich auf den Talus verschoben haben und der Calcaneus ganz fehlen, oder der Calcaneus nur rudimentär vorhanden sein und so der Insertion der Wadenmuskeln dienen, wie ja auch am obern Ende der Tibia die knopfförmige Hervorragung an der Stelle der superficies articularis fibulae als ein Rudiment des obern Theils der fibularen Spaltungsmasse vorhanden zu sein scheint.

Dieses würde dann mit dem Befunde des Meckel'schen Falles ziemlich übereinstimmen.

Dieser so gebildete Fuss setzt sich nun mit dem vordern Theile der medialen Seite seiner Fusswurzel so an die lateral-hintere Fläche des untern Endes der gebogenen Tibia dass der Fussrücken nach vorn und oben, die Sohle nach hinten und unten gerichtet, und der Fuss zugleich um seine Längsaxe so gedreht ist, dass die laterale Seite desselben nach oben, die mediale nach unten gekehrt ist, gerade als ob bei der Formation dieser Stellung der auf die laterale Seite des Fusses wirkende Druck der Fibula gefehlt hätte, und also die ganze Stellung aus den nutritiven Contracturen des, des Gegendrucks der Fibula entbehrenden, peroneus longus (der brevis, wie gleich anzugeben, fehlt) und des Triceps surae resultirte.

An den Weichtheilen und allgemeinen Decken dieses missgebildeten Unterschenkels ist äusserlich nichts weiter abnormes zu bemerken; nur sind die Muskeln sehr schwach entwickelt und sehr weich anzufühlen. Um den lateralen Rand der Fusswurzel schlägt sich eine Sehne herum, die also wahrscheinlich einem vorhandenen peroneus longus angehört, dessen Anwesenheit, da seine Insertions und Ursprungsknochen (ich erinnere hier an das obere Fibularudiment) vorhanden sind, postulirt werden muss, während ein peroneus brevis bei einem Fibuladefecte nicht existiren kann.

Die Fleischmasse der peronealen Seite ist, wie bereits bemerkt, sehr gering, so dass das ganze Glied, da auch die Wadenmuskeln nur spärlich sind, die platte, im transversalen Durchmesser wie die Tibia comprimirte Gestalt beibehält.

Die Bewegungen des Fusses sind allerdings sehr beschränkt, aber doch alle auszuführen, ebenso die Streckung und Beugung der Zehen.

2) Fall eines angeborenen Radiusdefects der rechten Seite.

Louise T. 21 Jahre alt, Mädchen aus Ebergötzen.

Auch in diesem Falle ist Erblichkeit nicht vorhanden und auch bei den Geschwistern kein Fall von Bildungsfehlern vorgekommen; auch ist die T. kein Zwilling und sonst wohlgestaltet.

Beide Oberarme sind gleich lang und bei beiden ist die Muskulatur ziemlich gut entwickelt, obgleich ein geringer Unterschied zu Gunsten des linken Arms, besonders in der Entwicklung der Extensoren zu bemerken ist, auch sind die Epicondylen des Oberarms an der rechten Seite nicht so prominent wie an der linken.

Im rechten Vorderarm ist nur ein Knochen und zwar die ulna vorhanden, diese misst von dem obern Rande des Olecranon bis zu dem untern, in Folge der Stellung der Hand stark hervorragenden Ende derselben 16 Cm., während die der andern Seite, in gleicher Weise gemessen, 23 Cm. lang ist; dabei ist sie in sagittaler Richtung gebogen, mit der Convexität nach hinten, und hat oben und unten, wo sie ziemlich gleich dick ist, einen transversalen Durchmesser von etwa 3 C.; des olecranon derselben ist jedoch nicht so gross wie das der gesunden Seite, auch die Sehne des Triceps schwächer.

An der Hand sind 4 wohlgebildete Finger vorhanden; es fehlt nur der Daumen mit seinem Metacarpalknochen und wahrscheinlich auch das Trapezbein; oder es müsste sehr verkümmert vorhanden sein, da man an der Stelle desselben keine Hervorragung fühlt und die radiale Seite des Metacarpalknochens des Zeigefingers sanft in die der Handwurzel ohne irgend eine Hervorragung übergeht.

Ob die Articulationsknochen für den Radius, des os scaphoideum und lunatum vorhanden sind, deren Mangel man bei einem Radiusdefect anzunehmen geneigt wäre, lässt sich an der lebenden Hand wohl schwer entscheiden da man die Knochen nicht durchzufühlen im Stande ist und man sich anderseits auf die Differenzen zwischen den Maassen beider Hände, wobei es also auf $1-1\frac{1}{2}$ Cm. (die ungefähre Dicke dieser Knochen mit welcher sie das os hamatum überragen) ankäme, nicht verlassen kann, da einmal bei Missbildungen so wie so Abweichungen hierin zu erwarten sind und dann die Hand, wie gleich zu beschreiben, so an der ulna verschoben ist, dass es bei dem Mangel der eminentia carpi auf der radialen Seite nicht möglich ist, hier einigermaassen sichere Messungen, da die Anhaltspunkte fehlen, anzustellen.

Das Erbsenbein jedoch und die Hervorragung des os hamatum kann man deutlich fühlen und beträgt die Länge der Hand, vom os pisiforme bis zur Spitze des Mittelfingers gemessen 15 Cm. die der andern Hand in gleicher Weise gemessen 17 Cm.; der Umfang am untern Ende der Mittelhandknochen beträgt 18 Cm., an der gesunden Hand 19 Cm.

Die Handwurzel ist nun an dem untern Ende der Radialseite der ulna so befestigt, dass sie in einer beständigen Radialflexion ist und zwar beträgt der Winkel, den auf diese Weise der Radialrand der Hand mit der radialen Seite des Vorderarms macht, bei ungezwungener Haltung etwa 100°, wobei die active und passive Ulnarflexion auf ein Minimum reducirt ist, weitere active Radialstellung aber gar nicht möglich ist. Zugleich steht die Hand etwas in Volarflexion, so dass die Vola nach hinten und medianwärts, der Handrücken nach vorn und lateralwärts gerichtet ist, eine Stellung, die man sich durch den combinirten Zug der radial. intern und exter. hervorgebracht denken kann.

Was die Muskulatur dieses so gebildeten Vorderarms und seiner Hand anbelangt, so ist sie im allgemeinen ziemlich kräftig entwickelt; es fehlt aber am Antibrachium die Fleischmasse der radialen Muskeln und natürlich auch die am Daumen sich inserirenden Muskeln der Beuge- und Streckseite; an der Hand fehlt die Muskulatur des Daumenballens, wogegen der Hypothenar stark entwickelt ist. Von den über das Handgelenk laufenden Sehnen der radialen Seite ist die des radial. internus und auch die allerdings nur schwache eines radial. externus vorhanden.

Eine Radialarterie konnte ich nicht pulsiren fühlen.

Die Beugung des Arms wird mit gehöriger Kraft und auch bis zu dem gewöhnlichen Maasse ausgeführt, während eine Streckung desselben über 160° nicht möglich ist, einmal weil die in der Ellenbogenbeuge verkürzte Haut hierbei schon sehr gespannt wird, dann wegen der vielleicht in Folge dessen eingetretenen nutritiven Verkürzung der Beugemuskeln des Oberarms, deren Elasticität bei einer Winkelstellung von 160° schon stark in Anspruch genommen wird.

(Eine Verkürzung des biceps war auch in dem Petit'-

schen Falle vorhanden; derselbe inserirte sich in der Mitte der Vorderfläche der ulna und hatte nur ein Drittel seiner gewöhnlichen Länge.)

Pro- und Supination der Hand ist natürlich ausgeschlossen, aber auch Volar- und Dorsalflexion sehr beschränkt, besonders letztere; die Beugung der Finger geschieht ziemlich kräftig, weniger die Streckung.

Zu bemerken ist noch, dass die Taubert mit dieser Hand schwere Arbeiten, vorzüglich Feldarbeiten, worauf sie angewiesen ist verrichtet, wobei sie die Handhabe des zu führenden Werkzeugs zwischen Zeige- und Mittelfinger nimmt, die sie mit grosser Kraft gegen einander zu drücken in Stande ist.

An diesen letztern Fall schliesst sich ein anderer Radiusdefect, an einem etwa achtmonatlichen Fötus beobachtet, der sich in der Sammlung des hiesigen pathologischen Instituts befindet. Er hat sehr viel Aehnlichkeit mit dem von Petit beschriebenen und die dort (Memoir. de l'academie des sc.) beigefügte Abbildung entspricht dem vorliegenden Falle fast vollkommen. Ich kann an dieser Stelle nicht umhin, meinem hochverehrten Lehrer, Herrn Professor Krause, der mich nicht nur auf dieses Stück seiner Sammlung aufmerksam machte und bei der anatomischen Untersuchung desselben unterstützte, sondern auch auf die Litteratur des Gegenstandes hinzuweisen die Güte hatte, für sein liebenswürdiges Entgegenkommen meinen Dank auszusprechen. Der Fall betrifft einen weibliche Fötus, 39 Cm. lang, mit bereits geöffneten Lidspalten; auch sind die Fingernägel vorhanden, die Fussnägel eben angedeutet; das Fettgewebe ist schwach entwickelt, der Körper noch theilweise mit Lanugo bedeckt.

Ausser dem gleich zu beschreibenden Radiusdefecte der linken Seite hat er eine doppelseitige Lippen-Kiefer-Gaumenspalte, wobei die Nasenscheidewand und der Zwischenkiefer frei in die Mundhöhle vorragen, sonst sind keine Abnormitäten vorhanden und sein übriger Körper wohlgebildet.

Die Maasse des humerus sind an beiden Seiten gleich, die Länge beträgt 5½ Cm. Die ulna der rechten, gesunden Seite ist, vom olecranon bis zum untern hervorragenden Ende gemessen, 5 Cm., die der linken Seite nur 3,2 Cm. lang; dabei ist letzter im sagittalen Durchmesser leicht gebogen und zwar mit der Convexität nach hinten und innen; das untere Gelenkende derselben ist verdickt d. h. ist fast ebenso dick wie das obere Gelenkende. Die Hand, an der der Daumen fehlt, enthält 4 vollständig entwickelte Finger mit ihren Phalangen und nimmt zu der ulna eine solche Stellung ein, dass ihre Radialseite mit der Vorderfläche des Unterarms einen spitzen Winkel bildet, wobei sie so gedreht ist, dass bei gestrecktem Arm, der Handrücken nach vorn und lateral-oben, die vola nach unten und median-hinten sieht. In dieser Winkelstellung zur ulna wird die Hand durch eine Hautfalte fixirt, die sich vom Vorderarm in die vola erstreckt und sich spannt, so bald man den Winkel vergrössern will.

Die Untersuchung der grossen Gefässe an der Herzbasis ergab nichts abnormes, nur wurde der ductus arterios. Botall. etwas sehr kurz befunden.

Fassen wir nun die Ergebnisse der beschriebenen Radius- und Fibuladefecte kurz zusammen, so ergiebt sich, dass beim Mangel des radius jedesmal auch der Daumen und zwar nur der Daumen fehlt, und eine eigenthümliche Winkelstellung und Verschiebung der Hand an der ulna auftritt. In dem Falle von Wiebers fehlten allerdings 3 Finger, jedoch war dieser complicirt mit Abnormitäten das humerus, so dass er nicht als ein reiner Radiusdefect aufzufassen ist. Dem würde vollständig entsprechen, dass bei dem von Göller beschriebenen Mangel der ulna die

4 letzten Finger fehlten und nur der radius mit dem Daumen vorhanden war.

Was die Fibuladefecte anbelangt, so ist in dem Göllerschen Falle nur der hallux vorhanden, bei dem von Meckel beschriebenen fehlte die 4. und 5. Zehe, und die 3. war äusserst dünn vorhanden und in dem hier vorliegendem Falle fehlten die 3 letzten Zehen. Dieses ist jedoch nur eine scheinbare Unregelmässigkeit; denn sowohl in dem Meckelschen als auch in unserm Falle sind Theile der fibularen Seite, wie bereits hervorgehoben, rudimentär vorhanden, so dass es sich nicht um einen ganz reinen Defect der fibularen Spaltungsmasse handelt, und muss darnach der von Göller beschriebene als maassgebend hingestellt werden, wo also nur die Tibia mit dem hallux vorhanden ist, und so wäre dann die Analogie mit der obern Extremität vollständig. Leider fehlt gewissermaassen zur Controle der Richtigkeit dieser Ansicht die Beschreibung eines Tibiadefectes.

Was die Deviation und Winkelstellung der Hand resp. des Fusses betrifft, so gibt hiervon Petit eine Erklärung, wonach die vorhandenen Muskeln der radialen resp. fibularen Seite die Hand- resp. Fusswurzel nach dieser Seite, wo der Widerstand des radius und der fibula aufgehoben ist, herüberziehen; hieraus lässt sich auch dann die Biegung des vorhandenen Knochens leicht erklären, die bei noch biegsamer Consistenz dann eintreten muss, wenn eine weitere Diviation der Hand resp. des Fusses durch die Bänder verhindert ist.

Wenn im Vorhergehenden stets die Rede war von einem Defect des Radius, der Fibula, auch von einem Mangel der fibularen und tibialen Spaltungsmasse, so ist dadurch schon von vorn herein und gewissermaassen verfrüht, ehe der Beweis beigebracht ist, die Annahme, dass es sich hier vielleicht um eine Hemmungsbildung, um eine

Verschmelzung oder vielmehr nicht eingetretene Spaltung in dem betreffenden Extremitätentheile handele, ausgeschlossen und es wäre an der Zeit, diese Ansicht zu begründen.

Es tritt also die Frage an uns heran, wie soll man vorliegende Missbildungen teratologisch ansehen, resp. unter welche Categorie der Bildungsfehler sie rubriciren?

Otto und Voigtel in ihren Handbüchern der patholog. Anatomie führen Missbildungen dieser Art speciell nicht an. Meckel (Handbuch der pathalog. Anatomie, Bd. I. S. 81 ff.) der die mangelhaften Bildungen in Hemmungs- und Verschmelzungsbildungen eintheilt, zählt sie den Hemmungsbildungen zu, bezeichnet sie als ein Stehenbleiben auf einer früheren Entwicklungsstufe und hebt z. B. bei der Erwähnung des Wiedemann'schen Falles die Thierähnlichkeithervor.

Fleischmann (Bildungshemmungen, Nürnberg 1833 S. 41 ff.) zählt sie zu den Bildungshemmungen, die er aus zu geringer Energie der bildenden Thätigkeit erklärt und glaubt sämmtliche Bildungshemmungen auf einen frühern Normalzustand zurückführen zu können.

Förster (Missbildungen des Menschen, Jena 1861 S. 63) zählt sie zu den Monstra per defectum und hebt hierbei hervor, dass in jedem einzelnen Fall zu untersuchen sei, ob man es mit einem einfachen Defect oder einer Hemmungsbildung zu thun habe.)

Man könnte annehmen, dass die vorhandene missgebildete Masse hätte zerfallen müssen in die normalen Extremitätentheile, es handele sich also um einen Spaltungsmangel, entweder weil bei genügend vorhandenem Bildungsmaterial die vis plastica aus irgend einem Grunde nicht, oder doch nur unvollständig zur Geltung gekommen sei, oder weil es sich bei bestehendem Mangel an Material gewissermaassen nicht gelohnt, weitere Differenzirung eintreten zu lassen.

Das Ganze wäre dann nur eine Umschreibung der anzunehmenden Thatsache, dass z. B. die Vorderarmmasse auf einer gewissen Entwieklungsstufe stehen geblieben, die Hand aber hierüber hinaus bis zu einem gewissen Grade weiter entwiekelt wäre; dass also die hemmende Ursaehe suceessive erst den Vorderarm dann die Hand in der Entwieklung gehindert hätte, oder wenn normaliter die Hand zuerst differenzirt wird und also schon höher entwiekelt ist zu einer Zeit, wo die Vorderarmknochen noeh einfach sind, so würde die hemmende Ursache beide gleichzeitig betroffen haben. Letzteres wäre nach der Entwicklungsgesehiehte wahrseheinlicher, da die Hand sehon Theilung zeigt, während der Arm noeh einfach ist und sieh das Einfaehsein der Vorderarmknochen ziemlich lange erhalten soll.

Dieses sei nun wie ihm wolle, jedenfalls handelte es sieh dann um ein Stehenbleiben des Vorderarms und der Hand auf einer frühern Bildungsstufe und es gäbe in der Entwicklung des Embryo eine Zeit, wo eine solehe Gestaltung dieser Theile die normale wäre, natürlich nur im allgemeinen, im Princip; denn im spätern Wachsthum könnten unwesentliehe Veränderungen z. B. die Verbiegung des Vorderarmknochens etc. hinzugetreten sein. Es würden also diese Missbildungen als Bildungshemmungen zu bezeichnen sein mit dem Charakter des Spaltungsmangels, zunächst des Vorderarms und Unterschenkels und man könnte nicht z. B. von Radiusdefeet reden, sondern der vorhandene Vorderarmknoehen repräsentirte die verschmolzenen oder vielmehr nicht differenzirten Knochen radius und ulna.

Abgesehen nun von den Fällen, wo Anzeichen einer wirklieh eingetretenen Spaltung z. B. die rudimentäre Fibula vorhanden sind und die sich unter diesen Gesichtspunkt eines Spaltungsmangels jedenfalls nieht bringen lassen, so lässt sich bei dieser Annahme der constante Mangel gewisser Theile des letzten Extremitätenabschnitts durchaus nicht erklären durch die nicht eingetretene Spaltung des vorletzten Abschnitts; oder um bei dem schon öfter benutzten Beispiele zu bleiben, so kann der causale Zusammenhang zwischen Entwicklungshemmung des Vorderarms und dem constanten Fehlen des Daumens und seiner zugehörigen Theile, der doch bei einer solchen Regelmässigkeit des Zusammentreffens postulirt werden muss, auf diese Weise nicht hergestellt werden; denn zugegeben der Differenzirungsprocess hätte mit Umgehung des Vorderarms die Hand betroffen, weshalb sind da nicht 5 Finger vorhanden oder wenigstens die Andeutung eines 5., und selbst angenommen der Spaltungsvorgang, sei da es sich doch einmal um pathologische Momente handelt, auch in der Hand nur unvollständig zur Geltung gekommen, so widerspricht dem doch die Regelmässigkeit, mit welcher in diesen Fällen der Daumen und zwar nur der Daumen fehlt, die andern Finger aber vollständig ausgebildet sind.

Ausserdem aber entspricht der vorhandene Vorderarmknochen nur der ulna, nicht einem gemeinsamen radius und ulna repräsentirenden Knochen. Um dieses zu beweisen, kann man nicht ausgehen von einer Vergleichung der Massenverhältnisse; diese können hierbei, da es sich doch einmal um Störungen der die Vegetation bedingenden Momente handelt, nicht in Betracht kommen, so könnte z. B. das Material, eben weil es nicht zur Differenzirung gekommen, verkümmert sein etc.

Auch die Vergleichung der Form der Knochen kann nichts nützen, da auch hierin a priori Abweichungen anzunehmen und theilweise (z. B. die Biegung der Diaphyse) eingetreten sind, anderseits aber die Form der epiphysialen Gebilde bei kaum ausgetragenen Früchten, auf die sich die genauen Untersuchungen beschränken, schwer zu bestimmen und zu vergleichen sein dürfte.

(In dem öfter erwähnten Petit'schen Falle entsprach das obere Gelenkende ganz dem der ulna es fehlte nur der sinus lunat. radii; das untere Gelenkende wird als ein kleines Köpfchen beschrieben, nur fehlte der process. styloid. ulnae, was sich aus dem Mangel der Bandscheibe des fehlenden radius leicht erklären liesse. Bei dem hier beschriebenen Fötus jedoch ist das untere Ende des anwesenden Knochens dick genug um die verschmolzenen Gelenkenden des radius und der ulna repräsentiren zu können.)

Dagegen liefert das regelmässige Auftreten der Winkelstellung der Hand und der Verschiebung nach der radialen Seite hin den Beweis, dass der anwesende Knochen nur der ulna und nicht beiden verschmolzenen Unterarmknochen entspricht; denn im letztern Falle müsste das Gelenkende dieses Knochens die Function des Radius der Articulation und Stütze für die Handwurzel mit übernehmen ; und wollte man auch hier noch den Einwand machen, dass in Folge der nicht eingetretenen Differenzirung das untere Gelenkende gewissermaassen in toto verkümmert sei und so Verschiebungen der Hand begünstige, so widerspricht dem doch das ausschliessliche Vorkommen der Verschiebung nach der radialen Seite hin, da dann die nach der entgegengesetzten Seite eben so häufig auftreten müsste.

Hieraus erhellt, dass ein anzunehmender Spaltungsmangel vorliegende Missbildungen nicht erklärt. Man muss vielmehr annehmen, dass der Spaltungsprocess wirklich eingetreten ist, dass aber das eine oder andere Produkt dieser Spaltung entweder vollkommen oder theilweise fehlt.

Abstrahiren wir der Einfachheit wegen von den Weichtheilen, von denen man ja annehmen muss, dass sie mit den Hartgebilden zugleich sich differenziren und ziehen wir nur letztere in Betracht, so kann man sich den Spaltungsprocess so denken, dass z. B. Vorderarm und Handknochenmassen unabhängig von einander, die erste in zwei definitive, die zweite zunächst in 5, später noch weiter zu differenzirende Bestandtheile sich sonderten, dass also erst eine horizontale Theilung in Vorderarm und Hand, dann eine verticale in ulna und radius einerseits und in die 5 Fingermassen anderseits einträte, die sich dann durch horizontale Theilung in Handwurzel- Metacarpalknochen und Phalangen differenzirten. Oder man könnte sich vorstellen, dass zuerst die noch vereinigten Vorderarm- und Handmassen eine verticale Theilung in eine ulnare und radiale Masse eingingen und jede dieser dann wieder durch horizontale resp. verticale Spaltung weiter zerfiele; es gehörte dann radius, event. os scaphoid. u. lunatum, Trapezbein und Daumen zur radialen, die übrigen Knochen der Handwurzel und der Finger zur ulnaren Spaltungsmasse. Letztere Auffassung wäre für die Erklärung vorliegender Missbildungen die plausibelste und würden dann die beiden letzten hier beschriebenen Fälle einen Defect des radialen Spaltungsmasse bedeuten. (Ein Defect der ulnaren Spaltungsmasse ist von Göller beschrieben.)

Dieses auf die untere Extremität angewandt, so würde die tibiale Masse ausser der tibia vielleicht einen Theil des Calceneus, den Talus, des os scaphoideum und cuneiforme primum mit dem hallux repräsentiren (siehe den Fibuladefect bei Göller) und das übrige zur Spaltungsmasse der fibula gehören und also in dieser Hinsicht der radius der tibia entsprechen; und es würden dann bei dem uns hier beschäftigenden Fall von Fibuladefect Theile der fibularen Spaltungsmasse theils rudimentär (die knopfförmige Hervorragung an der Stelle der superficies articularis fibulae) theils auch vollständig ausgebildet (die zweite Zehe) vorhanden sein.

Es bliebe nun noch die Frage zu erörtern übrig wie man sich das Zustandekommen des Mangels einer Spaltungsmasse zu denken hätte.

Abgesehen von der Erklärung, welche solche Missbildungen aus fehlerhafter Keimanlage entstehen lässt, wonach also dies eine Spaltungsprodukt so zu sagen gar nicht in den Plan des betreffenden. Sceletts aufgenommen wäre, könnte man annehmen, entweder es sei schon bei dem Act der Spaltung dem einen Theile nur ein Werth an Bildungsmaterial von mehr oder weniger $= 0$ zuerkannt und der Rest dem bevorzugteren Theile assimilirt worden, oder die Spaltung habe regelmässig stattgefunden, aber das eine Produkt derselben sei aus später hinzugetretenen Gründen verkümmert. Im ersten Falle habe dann bei vorhandener Differenzirungsintention aber bei Mangel an Bildungsmaterial gleichsam ein Hinüberziehen, ein Absorbiren des schwächern oder weniger nothwendigen Theils in den andern mit kräftigerer Vegetation begabten mehr integrirenden Theil der Scelettmasse stattgefunden, waraus sich dann das häufigere Vorkommen des Radius- und Fibuladefects erklären liesse; und im zweiten Falle wäre bei vorhandenem genügenden Bildungsmaterial und nach eingetretener Spaltung durch irgend einen Zufall (Arterienverstopfung, Druck, Verwachsung mit Eihäuten etc.) der eine Theil nicht zur Ausbildung gekommen resp. später theilweise resorbirt, wodurch sich dann die rudimentären Anhängsel leicht erklären liessen.